愛の詩(うた)

おおた まさのぶ
Masanobu Ota

文芸社

愛の詩

もくじ

樹氷 6

どこまでも大切に… 12

畦道(あぜみち) 14

四つの目 16

バレリーナ 18

道化師 20

微笑みありて 22

愛に目覚めて 24

笑い転げて 26

潔(いさぎよ)さ 28

水玉 30

葬奏(そうそう) 32

音 35

主(しゅ)よ 38

情熱 41

息吹 44

幸福 47

手のひらの上に 53

奇跡の風「ウインド／オブ／ミラクル」 55

悟り 61

青の世界 63

悲しみを超えて 67

偉大なるもの達 71

夢城 79

授かりし子ら 83

波紋 86

波紋 その二 86

波紋 その三 87

道端で 88

不安 90

本番 92

恵比寿顔(えびすがお) 94

- ぺったんこ 96
- 卒業 98
- 卒業 その二 98
- 卒業 その三 99
- なんだ坂 100
- 恥ずかしーめ 102
- 満点 103
- 先触れ 104
- さくら 105
- 回想 107
- 雨風 112
- 時の流れ 114
- 花宇宙(コスモス) 116
- 晴れのち晴れ 118
- 田は鏡 119
- 見えない世界 121
- 選択 126
- 愛 128

もくじ

樹氷

冬を誇る嵐が
遥かなる空の上から
白いベールを従え
でこぼこと並び
白い化粧を順番に待っている
山々にそびえる樹々や
山々の懐にも思える深い谷間に
冬の将軍として
自分好みに
見事な白銀の化粧を完成させていく

樹々の枝には
勢いよく貼りついた白い結晶が
見えない手で象（かたど）られる
彫刻のように重なり合い

固まっていく
まるで　大きな念(おも)いのもとに創られているように…
創作の手が止まり
静まり返った嵐のあと
夜は白々と明るさを取り戻していく
完成された作品に舞台のライトが当たるように

どこかで雉(きじ)の鳴き声と羽音がこだましている
仲間とはぐれたのか
足元を確かめながら一頭の鹿が
獣道(けものみち)を不安そうに歩いていく
その先の方には
彼が疲れた時に休息が出来るように
まるで用意してあったがごとく
樹の根元に風除(かぜよ)けのほこらがある
すべてを呑み込んでしまったかに見える
白銀の世界

樹　氷

しかし　創作者は
その下に住む生きものたちを
決して見捨ててはいない
いや　むしろいずれ訪れる春にむけて
それぞれの内なる力を蓄えることの出来るように
白銀の下で　見えない命を育んでいる…
全てを優しく包み込み
共に在ることを喜んでいるように

小枝に貼りついた
プラチナの輝きにも似た彫刻は
自らの美しさを確認することもなく
他の世界に溶け込んでいる
山々の向こうに広がる
限りなく透明な青空に
宝石のような
白い結晶が打ち溶けて
天使の舞う舞台となり

青と白のメロディーを奏でる

やがて
暖かい愛の光が舞台を照らし
白銀の彫刻は
次なる世界へと旅をする

愛の光は
神秘の輝きを溶かし
その使命を大地へといざなっていく
溶けた 愛の雫は
雪の真綿を通り抜け
苔に滑り
ジワジワ　　ジワジワ　と
生命を育む大地にしみ込む
春を待つ幼虫と遇い
目を覚まさせぬように
カエルのベッドの横を通り

樹　氷

少しずつ　少しずつ

仲間と合流し
時には大地から顔を出し
また潜り
山の懐（ふところ）から　麓（ふもと）へと
ながい　ながい
旅を楽しむ。
急流に目がまわるかと思えば
ほっとする緩（ゆる）やかな広場に遊ぶ
振り返れば
貼りついていた小枝は
遥か白銀の世界に識別することはできなくなっていた
緩やかな流れの中に
動きの鈍（にぶ）い魚や
岩の下にじっと潜む沢蟹（さわがに）が
水ぬるむ頃を待っている
「やあ　もうすぐだね…」

「そう　もうすぐだよ…」
いつもの挨拶をかわしながら

視界が開ける
どこをみても　仲間がいっぱい
旅は終わったのか
遥か彼方に
故郷(ふるさと)の山々が白い化粧も誇らしく
そそり立っている。
これからも　まだまだ旅は続く
多くの生命と　共に喜びを育み
いつかは　また　大空へ戻り
次の旅へとはばたいていく

　　　　　創作者の念いのままに……

樹　氷

どこまでも大切に…

あなたもまた「愛」

そこに一輪のバラが 人の心を癒すように
小川のせせらぎが 人の心を穏やかにするように
あなたは 人に安らぎを与え 穏やかな心に導く
あなたの存在が あなたの笑顔が
そして あなたの愛に満ちた 流れる宝石のような言葉が
人には 多くの言葉より 何も言わず ただそばにいてくれるだけで
心が救われることもある
人には あなたの目の光が 自分のすべてを解ってくれる
暖かい愛のベールに映る
人は あなたの愛の言葉に 素直な心を隠すことは出来ない
従順に 一糸纏わぬ素肌の心で
人は あなたの前に 生きる喜びを見出していく

傷ついた心は癒され 自らの生きる目的を発見し

力強く翼を広げて　自分の力で飛び上がる
あなたは　人に生きる希望を与え　困難に立ち向かう勇気を与える
かつて　あなたも人生に失望し　生きる希望をなくしたとき
　　　　心が傷つき　何も信じられず
　　　　まわりの世界が突如として消え去った時
　　　　たった一点の
　　　　光の存在が　あなたを救った　…愛という光が…

人は人を傷つけ　そして自ら傷つき
人生に失敗を重ねる　もう立ち直れないかと思うほど
そんな時こそ　最後の切り札が人には与えられている

「愛」という切り札が……。

あなたは　あなたを救った愛の光を　どこまでも大切に育んでいくことが
あなたの命と知った。
人は　そんなあなたに　愛の切り札を見出して立ち上がっていく
　　　　第二、第三のあなたとなって…。

どこまでも大切に…

畦(あぜ)道(みち)

冬の畦道知ってるかい

役わり終えて　休む田んぼに雪つもり
大きなモグラの道みたい
真っ白な　キャンバス縁(ふち)取(ど)る大小に
雉の親子を遊ばせて
　　　　　　北風つくる雪だるま

春の畦道覚えてる

ツクシもいっぱい起きだして
背伸びをしながら話してる
お日さまぽかぽか　あったかい
あくびをしながら話してる
少し気取った蕗(ふき)の薹(とう)　タンポポ友達さがしてる
準備ができた畦道の　パーティー会場華やかに
　　　　蝶々のダンサー　恥ずかしそう

畦道

夏の畦道見つけたかい
　稲の迷路に囲まれて　鴨の涼しい散歩道
　夜はカエルの合唱団　畦道舞台に　声競う
　稲のトンネル　カサカサと
　通るトンボにささやいて
　　　　　　　　今年は豊作うれしいね

秋の畦道遊んだかい
　稲刈り終わって　運動場
　稲木の先に赤トンボ
　野焼きに煙る黄昏(たそがれ)に
　畦から見える家の灯が　心に燈(とも)す　安らぎを

いろんな顔の畦道も
心の畦道見つけたかい
　　　　　　奥はひとつの故郷(ふるさと)さ

四つの目

口にできないほど　嫌な思い
なぜ　私にだけそんなふうに見るのかなあ
良かれと思ってしたけれど
あからさまに叱られる　(そんなに私が嫌いなの)
自分は本当にダメなのか
[まわりが敵に映る目に]　自分で自分が解らない

そんな時
聞いた　郷母(はは)の一言は
母の心の温かさ
離れていてもよく解る　母の願いと心配が　誰よりもよく染みわたる
(あの子はいつもお人好し　人に良かれとすることが　お節介と思われる)
[母の目から見た私]　いつまでたっても我が子なり

叱りつけ　いつも様子を見る上司

嫌な思いをしながらも誰が好んで叱るのか
能力在りと思うから　期待を込めて出す言葉
心機一転頑張れと　自らを超えろと願う　［上司の目］

暴れる心に惑わされ　時には人を傷つけて
心機一転頑張れと自分の心も傷つけて
自棄酒(やけざけ)に力借りながら　本当は優しくありたいと　心の涙ひた隠す

手探りの道のり越えて　いずれは辿(たど)る幸福の
彼岸の道に咲く花を
手にする時を知っている

そのとき自と他の壁はなく　本当の自分に出会う時

［いつも一緒の仏の目］

四つの目

バレリーナ

空に舞う　　雪ん子みんなバレリーナ
氷上に　　ころころ霰もバレリーナ
樹木の梢も風に舞う
葉っぱも手を振り踊りだす
季節も廻るくるくると
タンポポふわふわ風に乗る
お陽さま　　ぽかぽか川の中
めだかもスイスイ　　バレリーナ
節句の鯉も風をきる
蕚(いらか)の雲に負けまいと　　大空たかく風をきる
浜には波のバレリーナ　　押しては返す泡模様(あわもよう)
慌てるカニはパートナー　　心ゆくまでパートナー
ひらひら蝶々も気まぐれに
浜昼顔を渡りゆく　　羽が自慢のバレリーナ
ノッポになったひまわりも　　光に合わせて　　首を振る

すべては踊るバレリーナ　私を見てよと踊りだす
　　今を生きる喜びを　素直に表すバレリーナ

トンボは田んぼでバレリーナ　稲の波間に泳ぎだす
色とりどりのコスモスの　ラインダンスの素晴らしさ
すべては踊るバレリーナ
　　　人に優しさ伝えると　心に決めて生まれきて
　　　人に愛を伝えんと　秘めた心をそのままに
　今を生きる喜びを　素直に表すバレリーナ

バレリーナ

道化師

本当の自分を見せるのが　恐くて
空威張(からいば)りしたり
弱弱しい自分を演じて
心うらはらに　人の同情を買ったり
今を誤魔化(ごまか)して　何とか過ぎていく

周りの人が　かっこよくて　みんなスーパーマンに見える
どうすれば　そんなに輝けるの？
どうすれば　そんなに自信が持てるの？

ぼくは　かっこ悪い　何にもできない　歌さえうまく歌えない
何をするにしても　人の目を気にして　心が震える

せめて　人に嫌われないように

皆が笑ってくれること　　皆が楽しんでくれること　　皆が喜んでくれること

心うらはらにして　　いつも笑顔の道化師は

何があっても負けないと　　言い聞かせては空仰ぐ

嗚呼(ああ)　　晴天に声を聞く　　心の内の声を聞く

横切る空にこだまする　　心の耳を傾けて

その日の空は青かった　　白い大きな雲が流れ

（　本当の自分を知りなさい　　誰よりも優しい心を持っている

　　自分に自信を持ちなさい

　　あなたにしかできないことがあることを　　もっと誇りに思いなさい

　　多くの人の人生に　　あなたがそこに在ることが

　　かけがえのない意味がある　）

道化師それも天職と　　人に愛を与えてる

悲しみ超えて人恋し　　愛は道化て限りなく

道化師

微笑みありて

どうした　普通じゃないよ。
自分がとってももどかしくて
何をするにしても　自信がない。
そんな情けない自分だと思っているあなたでも
かつて　理想に燃えた時もあるでしょう
それなりに　努力もしたでしょう
しかし　かりそめの成功を経験し
ちやほやされて　粋(いき)がって
人が人形に見えて来た時に　心の隅に赤信号が点(とも)り
それから心の転落が　経験のない転落が
あなたを…更に冷たい人とした

今のあなたは…あなたじゃない！
何を言ったらいいのか分からない。
希望をつかんだ時もあるでしょう
自分が全てとの　錯覚をし

いつのまにか微笑みを忘れた人生は自棄(やけ)になっていく
だからといって

人は皆　あなたを悪く言う人ばかりだろうか
人は皆　あなたを嫌いになる人ばかりだろうか

失望は　思いもかけぬ冷たい心を引き寄せる
それを　思い出してほしい
あなたがそこに居ることが　きっと嬉しい人もいる

心弱き自分を　一人では何もできない自分を
やっと受け入れることができたとき
周りの人の存在に「ありがとう！」の心が湧いてくる
そして　全てが自分の味方となる　そのことの意味が　心の中に落ちてくる
あきらめる弱い心を引き付ける

知らず知らずに笑みが湧く
今まで経験したことのない喜びが…　自分も他人(ひと)の役に立っている
その実感が　愛を与える側に立つ
ああ　微笑みありて　あなたは輝く　微笑みありて　愛は伝わる。

微笑みありて

愛に目覚めて

朝の　まどろみのなかで
チ・チ・チ・チ……　と
声の主である小鳥の姿を目で追いかける
なにか…
　　　昨日までと違っているような？
　　なんだろう
不思議な気持ちに駆られながら
ベッドを後にして
明るくなったカーテンを引く
外からは
　　［早く窓を開けて…］　と　小鳥達が呼んでいる
何かが違う　全てが眩しい
　　なんだろう

昨日までの朝は　何かけだるく　重い気分が続いていたのに
ああ　なんと言う素晴らしい朝だ
今まで知らなかった朝がそこにある
"愛"…そう　"愛されている"

（目に見えない何かに）

全ては　"愛"のなかに生かされている
私も　私の家族も
友人達も　すべての人も　山も川も…草も木も…
何もかも与えられている
目で見て　肌で感じて　耳で聞いて
一番大事な心で感じるもの
何もかもが　全て与えられている
何一つ　自分で独り占めすることはできなかった
与えられ…与えられ…与えられて
生かされている

「与える心　それが"愛"」
朝の目覚め…

そして…　［愛に目覚めて］

愛に目覚めて

笑い転げて

おかしくて　おかしくて
何でこんなにおかしいのか
なんでもない会話に
何でもない仕草に
おかしくて　おかしくて
笑うことがこんなにも力のいることだとは…
屈託(くったく)もなく笑う我が子につられて
堪(こら)えても　堪えても　堪えきれずに
噴出(ふきだ)してしまう
子猫がじゃれているように
無防備(むぼうび)に　安心しきって　笑い転げる
母を見て笑う
父を見て笑う
姉妹お互いに見つめあい　爆笑をする
一日の嫌なことなど　何もなかったように

笑いのなかに呑み込んでしまう
顔にシワができることも
おなかの皮がよじれることも
まったく気にならない
世の中みんなおかしなことだらけ
なんで　みんな気がつかない
こんなにおかしなことだらけ
笑いかけたら止まらない
あれも　これも
ほんとにほんとにおかしいよ
笑えることが嬉しいよ
なんともいえない気がするよ
昨日を笑える喜びも…
今日を笑える有り難さ
明日の希望を夢に見て
笑い転げて　生きていく

笑い転げて

潔(いさぎよ)さ

椿の花が
精一杯 咲くだけ咲いて
ポロリと落ちていく
桜が満開の枝を震わせ
その花びらを
春風(はるかぜ)の誘うままに任せて
誰もが感動する 美しさも
年に一度の 晴れ舞台も
何の惜しげもなく 散っていく
ああ、 なんと潔いことか
何の執着もなく
自分のなすべき仕事を終えて
その生涯を閉じていく
椿の花が
桜の花が

知っているだろうか
自分の存在が他の多くの者に
どんな感動を与えているのか
おそらく知らないだろう
精一杯の生涯を生きていく姿を見て
喜ぶ生命　善とする生命があることを
潔く生きることは
潔く散ることでもある
全てが終わる瞬間ではなくて
全てが始まる瞬間でもある
人もまた　潔くあれ
長い人生のなか　悔いる時もある
今まで　花が咲き誇っていた人生だと思っていても
次の瞬間落ちていくこともある
潔くあれ　潔くあれ
素直に受け止めて
そこから　また始まる　素晴らしい人生を信じて
　与えられた生命を　潔く生きていけ

潔さ

水玉

朝の露が
一筋　　また一筋
蓮の葉の滑り台を
一直線に滑り降りていく

朝の光が
露を追いかけて
光の航跡を残し
葉の底へと降りていく
葉の底に露は溜まる

時折吹く風に
揺れる
蓮の葉に合わせて
露が集まってできた水玉も
同じように揺れている
まるで天然のプリンが

葉っぱの皿の上で揺れているように
水玉は　　透明なのに
葉っぱの上に確かに見える
朝の　　光の魔法にかけられて
きらきら　きらきら…と
葉っぱは　　仏の手のひらで
水玉は
その手に輝く　　まあるい宇宙
葉っぱに溜まる水玉を
覗いてみたらわかるだろうか
宇宙を包む　　偉大な心
葉っぱに揺れる水玉に
ゆらゆら揺れる宇宙の姿
きらきら光る輝きに
幸福満ちて喜べる
偉大な心がわかるかなあ
ゆらゆら揺れる水玉に
きらきら光る水玉に　　朝露溜まった水玉に

水　玉

葬(そう)奏(そう)

この世に生まれ落ちて
親の庇護(ひご)のもと
暖かい幼春の時
暖かい幼春の時
不安な幼春の時
不安な幼春の時
我が儘(まま)な早春の時
反抗する早春の時
悪友に泣いた時
親友を得た歓喜(かんき)の時
親の元から飛び立ち
希望を胸に飛び立ち
使命に燃えて飛び立ちて
挫折(ざせつ)と成功を繰り返す
厳しい人生を生きながら

よき伴侶を
いつのまにか伴い
泣くも笑うも共にありて
半生以上の時を過ぎる
挫折の時には共に喜び
成功の時には共に喜び
一本のメザシを分け合い
子宝に頬を寄せ微笑みて
神への感謝に目が潤（うる）む
やがて
子宝は　次の子宝連れてきて
かつての感謝を思い出す
生きた人生振り返る
ひもじい辛さも　苦しさも
全て楽しい思い出となる
ああ、あの父母の元に生まれて良かったと
ああ、この伴侶で良かったと
ああ、この子達で良かったと

　　　　　　　また戒（いまし）めあう

葬　　奏

ああ、この人生で良かったと
永遠の流れを生きる生命と悟り
また この人たちと共に在りたい
見送る者も
見送られる者も
この人生のビデオを奏でる
幸福の意味を噛みしめながら

音

生まれてくる前
母さんのお腹の中で
いろんな音を聞いた…
母さんの体を流れる
母さんの生命の音
ぼくの心臓の音
本当に　　ぼくは
母さん父さんのもとへ
無事に生まれられるのだろうか
時には
母さんの不安な心が
ぼくの心へと
大きな衝撃のなかで飛び込んでくる
[恐いよう…母さん　大丈夫かなぁ]
毎日毎日すごい音が聞こえてくる

一体どんなことが
まわりでおこっているのか…
でも、ぼくは安心しているんだ
母さんが
いつもぼくのことを励ましてくれる
[どんなことがあっても あなたを守ってあげる]
[心配しないでね、
　父さんも　母さんも
　あなたとの約束は　忘れていないから]
静寂のなかに
母さん父さんの心が伝わる
母さんのお腹の中は
まるで　まわりがスピーカーみたいによく響く
優しい音…
痛い音…
恐い音…
懐かしい音…
流れてくる　母さんと　父さんの心のメロディーは

ぼくにとっての一生のなかで
人のいちばん幸せな
心のメロディーを見つける
大切な愛の音

主(しゅ)よ

主よ　感謝いたします
　わが愛を
　わが悟りを
　わが智恵を
　わが謙虚(けんきょ)な心を
　わが繁栄(はんえい)の道を
　私の前にお示し頂き
　本当に感謝申し上げます

主よ
　心むなしゅうして
　その法を受け取らせて戴きます事を
　どうかお許しください

愛は　我に求める為の愛に在らず
愛を　他に与え続ける為の無尽蔵(むじんぞう)の愛
その愛を与えるために　真理を深く悟り

多くの心と関わりて　理解し智恵を深め
謙虚な心を持ちて
足らざるを反省し
過ぎたるを戒め
主の願われる世界を
この地上に現すという
繁栄の道を歩むことを…

主よ
　私もまた
　　主の　一人子であることを確信いたします
　私もまた
　　永遠の生命を戴いた
　　主の　一人子であります
　　大宇宙の主を信じます
　　生命の親を信じます
　　主を慕い
　　主に巡り合いたくて
　　この地上に

主　よ

今の時代に生を受けました
やっと　許しを得たのです
もう二度とこんな機会はないでしょう

主よ

主よ
主から戴いた
[愛の道]
[智恵の道]
[謙虚になる道]
[主への繁栄の道] を
また　歩み始めることを
お許しください
多くの幸福と共に
主の元へ…。

情　熱

遠い遠い記憶のなかに
心が焦げるほど
熱い熱い念(おも)いを抱いて
この地上に生まれてきた
かすかではあるけれど
胸の奥の
いく枚かの扉を開けたところに
確かに
大事に息づいている
その熱き念いが
自らが飛び出していける出口を捜して
一枚　　また一枚と
重い扉を開いていく
永遠の生命のなかで
熱き念いを全開することが出来るのは

全開して生まれて来れるのは
そう多くはないだろう
全開しても足りないくらいの人生が
今
前に開けている
ましてや
一人ではなく
多くの仲間が
時を同じくして
同じ情熱の元に集まってくる
中心の元へ
全てそこから始まっている
愛の発信元であり
智恵の発信元であり
正しさの発信元であり
繁栄の発信元であり
善きもの全ての発信元である
中心の元へ

中心から発された情熱は
多くの幸福を伴い
また中心へと
帰っていく
その中心に出会う為に
競い合った情熱が
今
やっと見つかった出口に向かって
次々と飛び出していく
永遠の時の中の
この一瞬に向けて

情　熱

息　吹

何かが
新しく生まれるとき
必ず　　その前触れがある
長く長く　息づいていた
見えない始動がある
雪の下で
春の訪れを今か今かと待つ
蕗の薹(ふきとう)の忍耐がある
雪解けの水が
小川に注ぐ
小さなメロディーが…
爽(そよ)やかな微風(そよかぜ)に合わせる
小鳥のさえずりが…
春の前触れとして蕗(ふき)の薹(とう)にささやく
春は

いろんなものを生み出していく
今まで隠れていたものが息を吹き返す
何かが始まる
素晴らしいことが
今まで溜めてきた心の胎動が
一気に噴出すように
何かが始まる
その前触れが密かに聞こえる
一つ一つが明るさを増し
一つ一つが呼吸を始める
ゆっくりと
もうすぐだよ
もうすぐ春がくるんだよ
長い間溜めてきた
　　内からの愛の力が
今
心の殻を破って
目の前に現れようとしている

息　　吹

いや　すでに現れている
それを認めることに
少し時間がかかっているだけ
蕗(ふき)の薹(とう)が
春の日差しを浴びることに
喜びのためらいを感じるように…
今
心の息吹が
永い永いトンネルを抜けて
噴出そうとしている
本当の自分が現れてくる

幸福

深い静寂
その頑(かたく)なな世界が
今にも動き出そうとしている
山水の世界に溶け込んだ
魂の鼓動(こどう)が息づいていく
山の尾根
谷の梢(こずえ)
水墨画(すいぼくが)の世界から
少しずつ　少しずつ
黄金の光に照らされていく
さまざまな色彩が
世の目覚めと共に
鮮やかに染まっていく
写真なんかではなく
全てが息づいている

生きている
仏の生命から
噴出してくるように
見る見るうちに
生命が生まれる

嗚呼(ああ)
仏よ　仏よ

あなたは　なぜ
こんなにも　こんなにも
美しい世界を創ることが出来るのでしょうか
深くエメラルドの輝きを秘め
全ての世界を
全ての心を
映し出してしまう

一点の曇りもない
澄み切った湖
こんなにも深く
こんなにも多くの慈悲の涙で
あなた自身が創られた世界とはいえ
永遠の時を
見守っておられたのですね

母親のごとく
優しくあやす
少しも厭うことなく
その暖かい懐で
我が子を

我が子を信じて
じっと耐え
我が子が戻ってきた時に
何事もなかったように

幸　福

にっこりと
よく頑張ったねと
譽めてやる
父親のように

嗚呼(ああ)
仏よ　仏よ

どこをみても
何を聞いても
何を触っても
伝わってくる全てのものは
あなたから　離れるものは何もない
移りゆくこの世の現象ではあるけれど
その中に　あなたは在る
遥かなる高次の姿が
その慈悲の姿が在る

仏から発された
その慈雨の光は
永遠の昔から
永遠の未来へ
燦燦と　燦燦と
この世界を照らし
例外なく
わが魂も
仏の子として
共に生まれた兄弟達も
気付くと
気付かないとに拘わらず
その光を
確かに受け止めている
仏の臨在を

愛を

光を

魂に感じる

それが幸福なんですね
それが全てなんですね

ありがとうございます

手のひらの上に

あなたなら
その手のひらの上に
なにをのせますか?
ほっぺたが落ちそうに
おいしく見える
林檎(りんご)ですか?
それとも
幼い頃
先生に誉めてもらった
お母さんの絵ですか?

手のひらに膨(ふく)らむ
いろんな世界
形あるものは

人に見せることも出来るけれど
本当に見てほしいものは
手のひらの上に
取り出して見せることは出来ない

その　　見えない世界を信じて
見えないけれど
確かにある心の世界を
あなたは信じることが出来ますか？

その手のひらの上に
どんな世界がのるのでしょうか？

本当に見てほしいのは
見たいのは
誰もが持っている

輝く心の世界

奇跡の風 ［ウインド／オブ／ミラクル］

風は透明
その　　透明な風は
一億五千万年の時代を経て
キラキラと
ダイヤモンドダストのように煌く
主(しゅ)の御心(みこころ)を乗せて
全ての者よ
幸福になれと
世界を廻る

静かな湖面に
一筋の
慈悲の雫(しずく)が落とされ
その波紋(はもん)の広がるがごとく
愛の風は世界に広がる

その風に気付いた人は
幸福なり
主を身近に感じ
主と共に在ることに涙する
主の愛に包まれた
この奇跡に涙する

嗚呼(ああ)
主よ
主の　　その暖かき御心が
私の心の宇宙の
隅から隅まで
爽やかに
吹き抜けていくのを感じました
この幸福を
心の底から打ち震えてくる
この喜びの衝撃を
どうすれば良いのでしょうか

わかりました

主の願いを
その喜びを感じたなら
他にも与えよと
自ら一人のものにしていてはいけないと
自ら一人のものにしていては
風は止まってしまう

その喜びは
他の人と共に

その愛の心を
他の人と共に

その幸福を
他の人と共に

奇跡の風

大きく育てて
持って帰っておいでと
願われているのですね

主よ

主よ

有り難う御座います

魂の真実を知り
天上界であっても
直接お会いすることは出来ない
私たちの魂の親である
主に
この世でお会いできることを
お赦(ゆる)し戴き
この最大の奇跡を

与えていただきましたこと
本当に有り難う御座います

今は　まだ
気付いていない人々も
いずれこの時代に生きていたことの
意味を知ることとなるでしょう

この奇跡の風は
主の限りない愛を乗せて
全世界へと吹き渡ってまいります

私たちの魂も
精一杯に輝くダイヤモンドとなり
その風と一体になって
共に時代を吹き抜けてまいります

奇跡の風

主と一体となって
主と共にありて
奇跡の風となりて
永遠の時間を駆け抜けて

悟り

・・・・・ 宇宙 ・・・・・

なんと！ ・・・・・ 美しい ・・・・・

生かされている ・・・・・

そう ・・・・・ 生かされている ・・・・・・・

すべて つつまれている ・・・・・・

偉大なるエネルギーに ・・・・・・

偉大なる愛の念(おも)いに ・・・・・・

・・・・・・ ありがたい ・・・・・・

・・・　心の　宇宙が　・・・・・

仏の　大宇宙に　・・・・・・　つつまれている　・・・・・・

・・・・・　何とも云えない　・・・・・

恍惚感(こうこつかん)の中　・・・・・

知ってほしい　・・・・・　この慈悲を　・・・・・

・・・・・　与えたい　・・・・・　仏から戴いた愛を　・・・・・・

求める全てのものに　・・・・・

・・・・・　帰りたい　・・　仏の元へ　・・・・・

幸福という　子供を連れて　・・・・・

青の世界

空と山々
空と海
空の表情　　海の表情
山々に浮かぶ
枯れゆく梢
足元に
遅いススキの穂が揺れる
その先の海原へと
目線が着くまでに
ある峰を境にして
青の世界に切り替わっていく
眼下に飛んでいたはずの
トンビが

目を離した一瞬の隙(すき)に

まるで手品のように
空の青の中に移動する
静寂の中で
青い世界は濃淡を深め
立体的に
様々に変化している
私の身体まで青の世界に溶けこんでいくようだ

葉が落ちた
広葉樹の枝の向こうに
貼り絵のように浮かぶ島が見える
青の海のキャンバスに
白い絵の具で
模様を描く画家の筆先のような
漁船が行き交う

どこからか差してくる陽の光に
その存在を知らしめるように

白い船体が
時々輝く

　　空と海が

青の境界線を競い合い
左右に見える山の尾根や
海に浮かぶ小島が
見え隠れする
その移り身の速さよ

　　空からは

天使の階段のようにも見える
陽の光が
海に向かって
いく筋も　いく筋も
現れては消えていく

木立の間を
慌てもせず
季節の名残の風が
吹き抜けていく

何かを運んでいくように

空と海の青は

知らぬ間に

その境目を共有している

やがてくる
白の世界を予感して

悲しみを超えて

この非力なる仏弟子をお赦(ゆる)しください

仏の光を
その慈悲の光を
さえぎろうとするエネルギーが
野放しであります
まだまだ多くの人々が
無明の下
その魂の呻吟(しんぎん)を繰り返しています

私たち仏弟子の周りにおいても
右を見ても
左を向いても
果てしなく愛を求め続け
愛なき自分の不幸を

他の者の責任にし
奪うことばかり考え
自らだけでなく
周りの人々をも
不幸に引きずり込んでいく

人の悲しみを
気に掛けることもなく
わが欲を遂げることのみ
わが前に立ちはだかるものは
わが前から消すことのみ
他の人々を
わが人生を生きやすくする為の
道具のように考える
そんな　悪想念の塊が
私たち仏弟子の前に
その非力さを嘲笑うかのように
時々に押し寄せてまいります

断じて
断じて負けるわけにはまいりません

その怒りのなかにあって
その苦しみのなかにあって
その理不尽(りふじん)さのなかにおいて
仏性に目覚めさせ
悪想念のベールを剝(は)がし
愛の楔(くさび)を打ち込み
多くの人が
仏の実在に気付き

　　悲しみを超えて
　　立ち上がれるように

　悲しみを超えて
他の人に手を差し伸べられるように

悲しみを超えて
共に愛の国を創るために
決して……
……仏弟子は……後には引かない
仏の願いが
この地上に満ちるまで

悲しみを超えて
今日も前進あるのみです
　　ただ
仏の慈悲に生かされて
　　ただ
愛を与えて

偉大なるもの達

　　大地よ
その偉大なるものよ

それぞれの季節のなかで
様々な生命を育み
それらの一生の舞台を提供する
存在を許す愛のもと
幸福の繁栄を成し遂げていくために
たまに　　舞台で演じるもの達が
はしゃぎすぎたら
頑丈だと思えし身体を震わし
厳しき愛をも与える
厳格な父をも思わす
形を変え
時の変化のもとに

生命を育む舞台を与え続ける

その心は偉大なり

　海よ
その偉大なるものよ

全てを包み込むように
慈悲の涙のごとく
静寂(せいじゃく)のなかに
あらゆるものを受け入れる
大海原の
その体内に
多くの生命を育て
底深く
母の子宮の羊水のごとく
耐えて守護(まも)り

そして
　時に
　喜怒哀楽をあらわにし
荒れ狂う波の
しぶきの一粒一粒に
無常の憂(うれ)いを変わり身となす
水面(みなも)に映える陽光(ひかり)は
生命(いのち)在るを喜び
共に在るを喜び
その感謝に浸(ひた)りて乱舞する
全てを包む優しさよ
母の懐(ふところ)の安らぎよ

その胸の深さは偉大なり

　　空よ　　宇宙よ
その偉大なるものよ

偉大なるもの達

その限りない広がりのなかで
この地上に生かされる全てのものが
謙虚(けんきょ)にならざるをえない
そんな尊厳(そんげん)を持つものよ

限りない高みに
限りない空間の果てから
崇高(すうこう)な理想の光を投げかけ
その理想へと向かう
大いなる希望を与える
そして
そこへと向かう者には
不動の勇気と力が漲(みなぎ)ってくる

ああ
まるで
子を千尋の谷へ落とした
あの親のように

雄々しく
たくましくなった
わが子が
わが元に戻ってくるのを待ちながら
静かに見守っている
限りない理想のなかに
おもいきり広げる翼の先に
その心は在る

尊き心は偉大なり

　地球に存在する生きもの達よ
　その偉大なるもの達よ
与えられたる生命を
精一杯に生き
ある時は輝き
ある時はけなげに努力し

偉大なるもの達

小さき者も
大きな者も
弱き者も
強き者も
美しき者も
醜き者も
卑しき者も
謙虚な者も

一生懸命に時を刻む
その生き様は
見るものに　感動を与える
それぞれの生命が
自らの姿を
意識することが無くても
見ている存在に
感動を与える
すべてのものは

許されて存在する
より高次な者に
奉仕する為に在るという
愛の心は偉大なり

　　人間よ
その偉大なるものよ
螺旋階段(らせんかいだん)のごとくに時を重ね
栄枯盛衰(えいこせいすい)を経験し
唯一
大宇宙の意思に似て創られ
自由な心を与えられし者
全てのものから愛を発見し
全ての愛を
高く広く幸福に育てる
代理人としての責任のもとに

偉大なるもの達

ある時は鏡のように
愛を映し
　　ある時は役者のように
愛を演じ
　　ある時は悲しみのなかに
愛を見出し
　　ある時は厳しく
愛を与え
　　ある時は　ある時は
愛を創造し
喜びの大本へと奉仕する
自由な心は偉大なり
　ああ　偉大なる者達よ
それでもすべては仏の一隅なり

夢　城

いつも夢見る
小高い丘の上
広い敷地の中
丘の裾野(すその)に広がる
村々を見守るように
白く勇ましいお城が
自然に溶け込むように建っている
少し離れたところに
小さな森
森の中ほどには
小さな湖が
透き通った深緑(ふかみどり)の水を湛(たた)えている
朝日が

静まり返った湖面を散歩する
湖底にも
その光の影が歩調を合わせ
昼には
人が戯れ
歌声が流れる
夕べには
真っ赤な化粧に染まった湖が
今から誰と会うのやら
夜の湖は
月明かり
星を鏡に映し出す
流れ星に夢託し(ゆめたく)
そよ風は奏でる(かな)

[おやすみ
おやすみ

[いい夢見てね]

森の湖は心の癒し

あふれる水は
小川となり
丘を廻って麓へと
生命を育む糧となる

お城の前に
村から上ってくる道が
丘の向こうの
別の世界へ続いてる

その道を挟んで
春から夏へと咲き誇り
草花の舞踏会が始まっていく
様々な虫達も

夢　城

生まれてきては
遅れじと
晴れやかな舞台に
心踊らし
いつのまにか
蛙や
春蟬
小鳥など
オーケストラを競い合う

外から中を見る者と
中から外を見る者は
お城の門の額縁で
互いに素敵な絵を見てる

心もふわふわ舞い上がり
廻るお城は
夢の郷

授かりし子ら

お〜い
子供たちよ
子供たちよ
私の子供たちよ

本当に君たちは
私と約束してくれていたのかい
二人とも
腕の中で
もみくちゃにしたくなるような
衝動に駆られてくる

こんなに可愛く
母さんに似たのか
とても優しい目差し

君たち二人が交わしている会話は
まるで
宝石をちりばめたシャボン玉が
君たちの周りを
春のそよ風にあわせて
ダンスを踊っているように見える

君たちが約束どおり
私と母さんのもとに生まれてきてくれたことが
とても信じられない気がする
この私と君たちが
約束をしていたなんて

偶然であってもいい
現に　今
私の前にいてくれることに
感謝したい

そしてこの子達を見守りて
私たちの前に導きし神々にも……
愛を与える
私たちには難しく思えることを
さりげなく
この子たちはやってのける
愛らしく
あどけない言霊(ことだま)とともに
そこにいるだけで
ああ
子供たちよ
私の子供たちよ

授かりし子ら

波紋

こぼっていた小石が
鏡のように静まり返った湖面に
落ちていく
落ちていく
　その後
湖面がどうなるかは
預かり知らぬこと

波紋　その二

落ちていく
落ちていく
ねらいをすまして

波紋 その三

落ちていく
願いを込めて
落ちていく
後は
任せよう

大きな波も
いつの日か
山あり谷あり
過ぎ行きて
静かな湖面になると言う

道端で

ゆっくりと
ゆっくりと
まるでスローモーションのビデオを
遠くから見ているように
その光景は移ろっていく
若いはずの年寄りが
ビルの谷間の
道路に面した陽だまりに
もうすでに腰をおろしている仲間の下(もと)へ
なけなしの金で買ったのだろう
菓子パンを一個
そして紙パックのジュースを
大事そうに小脇に抱え
ゆっくりとゆっくりと
陽だまりの感触を

全身で確認しながら仲間の横に腰を下ろす
以前にも何度か在ったはずの
この陽だまりの感触を
思い出す暇はなさそうである

ただ ただ
今 この瞬間の
つかの間と思える
陽だまりを
永遠に感じることのみに
全神経を集中させている
もう、幾日も幾日も
昔見た夢を思い出すことも無く
時は過ぎてゆく
この瞬間の陽だまりを
満喫（まんきつ）できる
道端で

不安

自分は
自分だけは大丈夫
自分は何があっても大丈夫
しっかりしているから
他人(ひと)には負けないから
他人(ひと)には迷惑を掛けないから
自分だけは大丈夫
他人(ひと)に弱みは見せないから
他人(ひと)の不幸を励まして
自分は強いと励まして
他人(ひと)の悩みを慰(なぐさ)めて
自分の愚痴を慰めて

自分は隠したつもりでも
心はとても捕まらず
未知の世界に目をそむけ
求めるその目に
映る影

不安の影は隠せない

不安は先が見えぬから
ほんとの事に目を向けて
そしたら不安は消えていく

大丈夫
皆は何も思わない
皆はしっかり認めてる
立派に生きた航跡(こうせき)を
すべてが共に通る道

不　安

本番

練習は出来ない
一回きり
妻も
子も
そして夫も
父も
母も
その時の練習は出来ない

だからこそ
いつ本番があっても
いつ本番がやってきても
悔いの無いように

準備は出来ているか

何時までも
来ないと思っていてはいけない

だからこそ
愛する習慣を備えよう
それぞれの愛の人生を
心に焼き付けよう

持って帰れるものは
持って帰れる宝物は
人を愛した心

準備は出来ているか
いつ本番があっても
いつ本番がやってきても
悔いの無いように
送るも…
送られるも…

本番

恵比寿顔(えびすがお)

おっどろいたぁ
みぃーんな
一度は見たかい
聞いたかい
峠の茶屋にいた男
あぁーぁ
眼について離れない
あの顔
あの顔
離れない
物を尋ねて声掛けて
こっちを向いたら
おっどろいたぁ
恵比寿さんが笑ってる

聞くこと忘れて
尻もちついた

あんまりこの村暗いので
明るくしようと降りてきた
何か笑えて仕方ない
みんなも一回会って来な
恵比寿の神さん降りてきた
この村明るく替えようと

嘘じゃないヨほんとだよ
会わずにみんな解るのかい
俺の言うこと可笑(おか)しいかい
俺の顔みて笑うなよ
なんでかなぁ
水溜(みずたま)りの鏡みて
おっどろいたぁ
恵比寿の顔がここに居た

恵比寿顔

ぺったんこ

ペタコン
ペタコン
ペッタンコ
心の上塗り
ペッタンコ
どこまで塗るのか
ペッタンコ
錆びても落とさず
ペッタンコ
塗れば塗るほど
厚くなる

取るのは大変
ペッタンコ

いろんな色で
ペッタンコ

もともと素敵な色なのに
眩しく輝く色なのに

いつまで塗るのか
ペッタンコ

そろそろやめよ
ペッタンコ

ペタコン
ペタコン
ペッタンコ

ぺったんこ

卒業

腰に紐をぶら下げて
長い紐(ひも)をぶら下げて
先にはいろんな物つけて
ズルズルがらがら引きずって
後生大事に引っ張って
そろそろ紐を切りましょう
重たい紐を切りましょう

卒業 その二

若き日は年齢来たら卒業す
壮年は経験重ねて卒業す
老い来たり
人それぞれに卒業す

卒　業　その三

ああしんど
もう二度とごめんだね

ああ良かった
もう一度初めからやるのもいいね

どっちも他人(ひと)とは替われない

なんだ坂

重たい荷物を背負(しょ)い込んで
長い坂道

うん、うん、と
登るほどに増えていく
重たい荷物が増えていく
大事な物など無いけれど
後生大事に背負い込んで

やっとこやっとこ
なんだ坂

急な坂道
なんだ坂

途中で小石につまずいて
ころころ転がる
なんだ坂
荷物を離すと止まるのに
後生大事に離さずに
ころころ下まで落ちてゆく

も一度荷物を背負い直し
うん、うん、と
やっとこやっとこ
うん、うん、と

恥ずかしーめ

今思うほどに恥ずかしき
逃れられぬ時が来る
心して恥ずかしーめ
いずれは誰も避けられぬ
覚悟のほどに今を生け

満　点

君の笑顔で良く解る
良かったね

君の笑顔で良く解る
君が教えた仕事の意味を理解して
みんな上達していたよ

君の笑顔で良く解る
人生の問題が解けたって
みんな湯上りの顔していたよ

君の笑顔で良く解る
君が願ってしたことは
みんな気付いてないけれど
良かったね
君の人生満点だ

先触れ

春の一番吹く前に
かすかに耳元過ぎていく
名残り惜しそな
雪解けの音
もうすぐ彼がやってくる
先のお触れが通りゆく
爽やか色を引き連れて
素敵な踊り子引き連れて
春の一番吹く前に
先のお触れが通りゆく

さくら

期待と共にやってくる
いつもの季節はやってくる
内に秘めたエネルギー
短い時に解き放つ
芽吹く蕾の言うことに

「晴れの舞台に遅れまじ
年に一度の本番に
最高の
花
咲かせましょう

与えられたその時に
与えられた美しさ
与えられた一生を

潔きこと旨として

どなたの心に種をまき
どなたの心に花が咲き
どなたの心に感動を
与えられるか知りませぬ

晴れの舞台に遅れまじ
年に一度の本番に
最高の
花
咲かせましょう」

まもなく舞台の幕上がり
春の光と共演し
蕾は舞台で咲き誇る
名残は一切惜しまない
潔きこと旨として

回想

廻る廻る心は廻る

楽しい時は
寂しい時は
悲しみの時は
苦しみの時は
怒りの時は
喜びの時は
他人に隠したくなる人生は
他人に伝えたい人生は

廻る廻る心は廻る

いつまでもいつまでも
飽きの来るまで

父や母と遊び疲れ
くたびれたはずの
父のあぐらの中で
まどろむ楽しいひと時

過ぎ行く時間の中で
よく遊び
共に学んだ
親友達と
それぞれに歩みゆく寂しい時

愛する祖父母や
父母との
誰もが遭遇する別離の悲しみの時
何不自由無く
自由自在の世界から
産声を上げ
ままにならない身体の中で生きる

求めても手に入らぬ物を追いかけ
病に倒れ
老いに気付いた時には
死への不安に恐れ
本当の自分に出会うまで
苦しみの時を繰り返す

時には理不尽(りふじん)な政治に怒り
時にはふしだらな社会に怒り
時には他人の一挙手一投足(いっきょしゅいっとうそく)に腹が立ち
時にはどうにもならない自分の
不甲斐なさに怒りを覚える時

流れ行く時の中で
人生の共有者と廻り合い
家族が増え
育ちゆく子に感動し
自らの魂が

回　想

この人生の活躍の場を見出し
他の人々の喜びが
我が喜びとなる時

他人(ひと)のことを考えず
自分の生き易さだけを考える人生
求めて飽きたらず
自分だけの
苦しみや怒りに翻弄(ほんろう)されるそんな人生は
他人に見られたくは無い人生

ままにならない人生だけど
苦しさの尽きない人生だけど
その中でどれだけ優しく生きれたか
その中でどれだけ他人(ひと)を愛せたか
その中でどれだけ多くの人の役に立てたか
そんな人生が大切だったんだよね
そう伝えたい

廻る廻る　心は廻る

回　想

雨風

すぐ止むと思っていたのに
思いもかけぬ大粒の水が
空から
次から次へと頭の上に
たたきつけてくる
心の中を見透(みす)かされているような
雨の降り方である
それに加えて
時折雨の強弱にあわせて
風も割り込んでくる
ワルツを楽しむような雨と風は
若者も
年寄りも
男も
女も

容赦なく襲っていく
別に逃げ惑う人々を
嘲笑(あざわら)っているわけではなさそうである
雨に濡れる時もあり
風に吹かれる時もあり
雨を喜ぶ人もあり
風を待つ人もある

どんな人にも
初夏の気まぐれな雨風

雨風

時の流れ

移り行く時の中に
今を離れ
ユッタリと
心を解かせてゆく
あるときは時の流れが止まっているような
真っ白な世界を感じ
あるときは瞬時に過去の記憶が
生々しく戻り
恥ずかしく
観たくもない過去と遭遇し
心の顔も赤面する
ずっとその中に浸(ひた)っていたい
懐(なつ)かしい喜びの時
夕刻の時間も忘れ遊びゆく
楽しい楽しい

童心の時

悲しみを乗り越えて
勇気をもって立ち上がる時

時は流れゆく
今は同じ流れを保ち
等しく等しく
流れゆく

今を離れた世界では
時の流れはつかめない
心の世界に移った時に
時は流れを変えてゆく

人それぞれに変えてゆく

時の流れ

花宇宙(コスモス)

花宇宙(コスモス)の
群れに迷った遠(とお)き日々
淡い緑の奥行きは
何かの秘密が隠されていて
自分だけの宝物が見つかりそうで
心ワクワク
胸はドキドキ
今見れば
ほんとに小さな虫だけど
大発見の喜びに
思わず声を発すれば
近くで雀が飛び立って
それに驚きべそをかく
白や橙
黄色にピンク

淡い緑に浮かんでる
花宇宙(コスモス)の
群れでたわむる遠き日々
心地よい匂いに
安らぐ時を得て
そよ風が奏でる花宇宙の子守唄
幼き吐息に身を任せ
宇宙に浮かび
様々な花と共に漂う
そんな遠き世界に
今も心は戯(たわむ)れる

花宇宙

晴れのち晴れ

心の雲を吹き飛ばせ
モヤモヤで
心の太陽
陽が射さぬ
カミナリなって
雨も降る
そんなモヤなどいつまでも
大事に心に留め置くな
春を誘う一陣の
風に吹かせて
吹き飛ばせ
やっぱり心は晴れがいい
いつも心に太陽を
晴れのち晴れと予報せよ

田は鏡

まだらに織り成す
様々な緑の色を競い
裾(すそ)から尾根へと
ブロッコリーをかぶせたような
山々の列が
その高さもまちまちに
目線の彼方へと
重なっている
裾野(すその)に広がる田には
順番に
川から引かれてきた水が
大地の鏡となって
それらの山々を映し出している
広々とした田は
主役の稲の苗が植えられるのを

心待ちにしている
苗が育ち
鏡の用をなさなくなるまで
空の青を映し
白い雲の流れを映し
鷺（さぎ）の容姿を映してやり
準備を整えて
豊作を祈る人間を映し出す
田に上る
朝日と
田に沈む
夕陽は
それぞれ二つ
今年も豊作であれ

見えない世界

人間は
どこから来て
どこへ行く
何のための人生なのだろうか
この世に生まれ
一生を終えた後
死んで何もかも終わってしまうというのか
だったらこの人生の意味は何？
誰しも一度や二度は
考えたことがあるのでは…

人間には本来の世界
目には見えない世界があるという

見えない世界からこの世に生まれ
この人生を生きて
見えない世界へと帰っていく

私は信じる

行った事もないのに
信じられないという人は多い
確かにそうかも知れない

そんな人に聞いてみたい
あなたにも心があるだろう
常に揺れてはいるが
喜怒哀楽の心はあるはずだ
その心を取り出して
見せて欲しい
手のひらの上にでも
取り出して

誰も見せることは出来ない
しかし
自分だけには解るはず
心が欠けるか
心がここにあることを
肉体を支配する心が

肉体が障害を持った分
心が欠けるか
そうではない
脳に障害を持ったら
心が無くなるか
そうではないと多くの実例が物語る
四肢は動かなくなっても
口で物を書き
絵を書き
心を伝える
目でコンピューターを追い
会話する

見えない世界

そんな他の人々に勇気を与える
多くの事例が存在する

私は信じる
この心こそ
目に見えない存在であると
目に見えない世界の住人であると

人は
この世では目に見えない世界から
肉体をのり舟として生まれ
長くも短くも一生を生き
羽化登仙(うかとうせん)のごとく
肉体を脱ぎ捨てて見えない世界へと帰りゆく

私は信じる
だからこそ未来に希望が持てる
だからこそこの人生を頑張れる

自ら選んだ人生だと
その人生の課題を解く為に頑張れる
見えない世界は
どこか遠くにあるのではなく
それぞれの人間の心に通じる世界

見えない世界にあるという
天国も地獄も
それぞれの心の中にある
この世に生きていても
常にどちらかの世界に住んでいる

あなたは今
どちらの世界の住人か解りますか?
見えない世界は確かに在ると
私は信じる

見えない世界

選択

全ての物事に於(お)いて
選びゆく道は用意されている
右か左か
上か下か
進むか退くか
そして人はいずれかを選んでゆく

生まれ来て
もの心つくころから
心のままに
選択を重ねてきている

意識するとしないとに拘(かか)わらず
自分の意志の元に選択をしている

錯覚をしてはいけない
全て自らの責任に於いて
選んでいるという事を
生きているという事を

多くの人は
良き事は自らの手柄に
悪しきことは
他の者の所為に
他の環境の所為に
政治や社会の所為にすることは
良くあることだ

しかし現実は
今の現状は
全て自らが選んだ結果であることを
全てに伴う責任は自らのものであることを
認識する時は来る

選　択

愛

愛
それを思うだけで
心の中が暖かくなる
自分とそれ以外の存在を繋(つな)ぐもの

共に泣き　笑い　苦しみ　喜び　励まし合う
親がいて
伴侶がいて
子供がいて
兄弟がいて
友がいて
多くの人々がいてくれる

空気も
水も

自然もある
全てを与えられていたことを
静かに　静かに
心の奥底で見つけたとき
心の中が暖かくなる

ありがとう
心のそこから
ありがとう

そこに自分の仕事が生まれる
与えられた以上に
人を励まし
人に優しく
人の悲しみや苦しみを解って上げられるように
自分に出来る最大限の愛を全てに捧げたい

著者プロフィール

おおた まさのぶ

昭和27(1952)年、京都府舞鶴市に生まれる。

愛の詩(うた)
───────────────

2002年10月15日　初版第1刷発行

著　者　おおた まさのぶ
発行者　瓜谷 綱延
発行所　株式会社 文芸社
　　　　〒160-0022　東京都新宿区新宿1-10-1
　　　　　　　電話　03-5369-3060（編集）
　　　　　　　　　　03-5369-2299（販売）
　　　　　　　振替　00190-8-728265

印刷所　モリモト印刷株式会社

© Masanobu Ota 2002 Printed in Japan
乱丁・落丁本はお取り替えいたします。
ISBN4-8355-4553-2 C0092